BIBLIOTHÈQUE

DES

PETITS ENFANTS

APPROUVÉE

PAR Mgr L'ÉVÊQUE DE NEVERS

MÉDOR

LE BON CHIEN

Par Mme Elise Voïart.

TOURS

Ad MAME et Cie, LIBRAIRES-ÉDITEURS.

1845

Propriété des Editeurs.

MÉDOR

LE BON CHIEN

J'ai connu un bon chien qu'on appelait *Médor*. C'était un épagneul de la plus grande espèce, à longs poils parfaitement blancs, excepté les oreilles et la queue qui étaient couleur nankin. Ce joli animal faisait les délices des enfants de M. Dubreuil, médecin d'un petit bourg des environs de Paris. La famille de M. Dubreuil se composait de quatre enfants ; deux garçons et deux filles : Eulalie, l'aînée des petites filles, avait sept ans ; Albert en avait six ; Louise, la troisième, entrait dans sa cinquième année ; enfin Gustave, le plus jeune de tous, n'avait que trois ans ; mais, comme il était grand et fort, il pouvait déjà jouer avec son frère et ses sœurs, qui, du reste, avaient pour lui mille prévenances et mille attentions.

Ces aimables enfants, demeurant à la campagne toute l'année, avaient une foule de plaisirs que ne connaissent pas ceux qui habitent les grandes villes. Ainsi, outre le bon *Médor*, qui était le favori de tous, on leur permettait d'élever eux-mêmes et d'apprivoiser de petits animaux ; et ceux-ci, en raison de la bonté, de la douceur avec lesquelles ils étaient traités par leurs jeunes maîtres, devenaient comme de petits amis toujours prêts à les égayer

ou à jouer avec eux. Eulalie, qui
était une enfant soigneuse et at-
tentive, avait élevé un petit serin
vert; il chantait du matin au
soir. Elle lui avait même appris à
parler, c'est-à-dire qu'à force de
lui répéter son nom et quelques
petites phrases courtes, l'oiseau
attentif les avait retenus, et rien
n'était plus charmant que de l'entendre chaque matin dire d'une
voix un peu singulière : *Eulalie!*
Eulalie! venez vite! venez vite!
Lorsqu'il se mettait en colère, ce
qui lui arrivait souvent, quand sa
maîtresse ne répondait pas tout de

suite à son appel, l'oiseau changeait de note, et son babil était encore bien amusant quand on l'entendait se dire à lui-même les gros mots que sa petite maîtresse lui disait en riant. *Petit gueux ! petit gueux ! petit polisson ! polisson !* ne cessait de répéter alors l'oiseau impatienté.

C'était ainsi qu'Eulalie reprenait son serin toutes les fois qu'il faisait tomber son sucre ou son mouron, ou renversait l'eau de sa baignoire ; et l'oiseau avait trop bien retenu ces paroles.

Cette colère fit d'abord bien

rire les enfants , mais à la fin ,
Eulalie craignit qu'en répétant
ces mots, son serin ne passât
pour mal élevé. Elle eut donc la
patience de lui apprendre la
phrase entière , mais de cette manière : *Je suis un petit gueux !
je suis un petit polisson !* si bien
qu'au bout d'un mois l'oiseau ,
tout en voltigeant dans sa cage ,
interrompait son plus beau chant
pour répéter d'une voix tantôt
gaie , tantôt dolente, et en ap-
puyant sur toutes les syllabes : *Je
su-is un ppe-tit gueux ! je su-is un
ppe-tit ppo-lisson !*

Louise avait pour favori, non pas un oiseau, elle eût été trop jeune encore pour le soigner, mais une petite chatte blanche, si mignonne, si jolie et si douce, que, sans ses longues moustaches, on l'eût prise pour un petit chien. Jamais elle n'égratignait, et tenait ses griffes soigneusement enfermées dans ses pattes et comme chaussées de bottines de velours noir. Quoique la race des chats soit naturellement ennemie des oiseaux, cette douce petite bête n'avait jamais eu la moindre envie de poursuivre le serin d'Eulalie; bien loin de là, *Romina* (c'était le nom de notre chatte), qui avait en quelque sorte été élevée avec l'oiseau, lui passait toutes ses malices; il avait beau lui faire mille agaceries, *Romina* ne se mettait pas en colère. Ainsi bien souvent, lorsque la chatte se couchait sur la cage pour y dormir à son aise, l'oiseau mutin, qui ne la craignait pas du tout, s'amusait à lui tirer le poil de la queue ou des moustaches à travers les barreaux de la cage; mais jamais la douceur et la patience de la petite chatte ne se démentirent.

Albert, lui, avait eu successivement pour élèves de petits lapins blancs, une pie à laquelle il avait voulu aussi apprendre à parler, et enfin un charmant petit écureuil. Mais les lapins étant devenus trop grands, on les avait mangés en gibelotte; la pie, revêche, indocile, n'apprenait rien; elle pinçait de son gros bec les doigts du petit garçon, quand il voulait lui donner à manger, et un beau jour elle s'envola de sa cage et ne revint plus. Quant au gentil écureuil , qu'Albert avait appelé *Coco* , il n'en eut la joie que pendant huit jours : le petit animal , qui était fort gourmand , mourut d'une indigestion de noisettes. Ce fut un grand chagrin pour toute la petite famille , car chacun pouvait se reprocher d'avoir contribué à la perte du pauvre *Coco* , en le bourrant de toutes sortes de friandises. Mme Dubreuil profita de cette circonstance pour faire comprendre à ses enfants les inconvénients de la gourmandise et les avantages de la modération :

« Vous voyez , mes enfants , leur

dit cette bonne mère , que, lorsque je refuse de vous donner outre mesure des choses que vous
aimez , c'est pour ne pas vous
rendre malades ; si le pauvre *Coco*
avait eu le courage de refuser
vos imprudentes générosités , il
ne serait pas mort ; mais l'intelligence des animaux est bornée ; de
plus, *Coco* était gourmand , et il
est bien rare que ce vice odieux
ne l'emporte sur les lumières de
l'instinct , et même quelquefois
sur celles de la raison , quand on
ne demande pas à Dieu la grâce
de le combattre. » Les enfants

écoutèrent leur mère avec attention et promirent de ne point
céder à la gourmandise, quand
même les occasions les plus sé-
duisantes leur en seraient offertes.

Cependant, après avoir bien
pleuré son pauvre *Coco*, Albert,
qui ne pouvait pas rester sans
avoir quelque animal à soigner et
à aimer, remplaça le vif et charmant écureuil par deux petites bêtes fort stupides, il est vrai, mais
extrêmement propres et jolies,
qu'on appelle *porcelets des Indes*
ou vulgairement *cochons d'Inde*.
On se moqua d'abord un peu d'Al-

bert, on le plaisanta sur le choix
de ses nouveaux favoris ; toutefois, comme il était enchanté de
la beauté de leur fourrure lui-
sante et marquetée de blanc, de
noir et d'un beau jaune orangé,
de leurs petites oreilles transpa-
rentes comme un coquillage rose,
et surtout de leur douceur et de
leur propreté, on finit par trouver qu'en effet ils étaient char-
mants, et tous partagèrent avec
le même plaisir les soins qu'Albert
leur donnait chaque jour.

Pour Gustave, qui ne venait
que de quitter les robes pour pren-

dre le pantalon, il n'avait pas encore de petites bêtes à élever ; il n'en avait pas moins un bon et fidèle animal toujours prêt à jouer avec lui : c'était le bon chien *Médor*. Élevé parmi les enfants et caressé par eux, le bel épagneul se prêtait à tous leurs jeux ; mais il avait une préférence marquée pour le petit Gustave. Né le même jour que ce dernier, *Médor* avait pendant bien longtemps mangé la même bouillie que le petit garçon, ou du moins léché la casserole où on la faisait cuire ; et l'habitude que, tout petit, le beau chien avait prise, de se tenir près du berceau de l'enfant pendant que celui-ci dormait, ne se passa point ; avec l'âge, il devint le compagnon, et en quelque sorte le fidèle gardien de son jeune maître. A la promenade, dans les jeux, partout, on le voyait suivre l'enfant chéri ; et si un chien de basse-cour, ou quelque étranger d'une mine suspecte s'en approchait, le courageux *Médor* n'hésitait pas à se jeter sur l'animal, fût-il des plus redoutables, ou affrontait le bâton levé sur lui, en montrant les dents d'une façon

menaçante. Du reste, dans les
jeux qui réunissaient la petite
famille, rien n'était doux, docile, complaisant comme *Médor*.
Il laissait les enfants monter sur
son dos, et les portait ainsi tout
autour du jardin. Il ne se refusait
point à traîner les petites voitu-
res faites d'une chaise renver-
sée, d'une caisse ou d'un panier, dans lesquelles ils se met-
taient tour à tour, et quelquefois
deux ensemble, quand cela était
possible. Lorsque les petites filles
faisaient la dinette, à laquelle pre-
naient part aussi les petits gar-

çons, on y admettait également le bon *Médor;* celui-ci, coiffé d'un chapeau ou d'un petit bonnet posé sur ses longues oreilles blondes et soyeuses, qui figuraient alors des boucles à l'anglaise, se tenait gravement assis sur son derrière, une serviette nouée autour du cou, une patte appuyée sur le bord de la petite table où la dinette était servie. On eût dit une belle dame ou un convive d'importance que la maîtresse de la maison s'empressait de servir. *Médor* mangeait fort proprement les petits morceaux de pain d'épice, de biscuit ou d'autres friandises qu'on voulait bien lui donner ; ne demandant rien , ne s'impatientant point quand on paraissait l'oublier, et attendant, avec une admirable soumission dont ne sont pas toujours capables bien des enfants turbulents et indociles , l'instant de quitter la table et de se débarrasser de tout son attirail.

Souvent aussi les rieuses petites filles imaginaient de faire de *Médor* un malade ; elles le couchaient dans un grand fauteuil figurant un lit, l'affublaient d'un bonnet de coton, d'une robe de chambre, l'entouraient de couvertures, puis s'établissaient près de lui comme gardes-malade. L'une préparait un cataplasme, l'autre lui versait une tasse de boisson, tandis qu'Albert, qui faisait le personnage du médecin, venait d'un air grave et la montre en main, pour tâter le pouls du malade. Le docile animal se prêtait à tout avec une extrême complaisance : couché sur le dos, la tête à demi enfoncée dans les oreillers, il tournait les yeux d'un air triste et dolent, tout à fait en rapport à la circonstance, puis tendait sa patte au médecin, se laissait frictionner le ventre, et buvait même d'assez bonne grâce l'eau sucrée et colorée de jus de réglisse qu'on lui donnait en guise de thé ou d'eau de tilleul; enfin il se conduisait tout comme aurait pu le faire un enfant raisonnable.

N'allez pas croire qu'il n'y eût que le bon chien seul qui prît part aux plaisirs de la petite famille, les autres animaux apprivoisés par de bons soins et de tendres caresses s'y prêtaient autant que cela était dans leur nature; à la vérité, la petite chatte ne se laissait pas habiller comme le chien; car un jour que Louise avait voulu lui mettre un bonnet noué sous le menton, la pauvre bête s'était tellement serré le cou en voulant s'en débarrasser, qu'elle avait manqué de s'étrangler; et la petite Louise, qui n'aimait pas à tourmenter les animaux, s'était bien promis de ne plus recommencer ce jeu dangereux. *Romina* n'en faisait pas moins fidèle compagnie à sa jeune maîtresse; toujours assise près d'elle ou non loin d'elle, la jolie chatte, blanche comme une hermine, la queue bien rangée autour d'elle, et ses petites pattes

cachées dans la blanche fourrure
de sa poitrine, regardait d'une façon mignarde et de ses yeux verts
demi-clos sa chère maîtresse, lui
faisait de temps à autre un petit
miaulement fort doux, comme
pour lui dire quelque chose de
tendre. Mais le plus souvent *Romina* aimait à se placer en travers
du cou de la petite fille ; quand
celle-ci prenait un livre pour étu-
dier sa leçon, ou son ouvrage pour
travailler (car Louise commençait
déjà à coudre assez proprement),
la chatte d'un saut léger s'élançait
sur le cou penché de la petite fille,

et savait si bien s'y établir, que
celle-ci, qui ne voulait pas la dé-
ranger, se levait, s'asseyait, allait., venait partout, sans que
ces divers mouvements lui fissent
quitter son poste.

De son côté, l'oiseau d'Eulalie
la payait également de ses soins
de la façon la plus gracieuse ;
quand Eulalie s'approchait de la
cage, le petit oiseau battait des ailes, poussait de petits cris joyeux,
s'accrochait aux barreaux, et, au
risque de se blesser, passait la
moitié de sa tête à travers, jusqu'à ce que sa maîtresse lui eût

baisé son petit bec fin et dit quelques mots d'amitié; *Favori* (c'était le nom du serin) s'élançait alors sur le plus haut bâton de sa cage, répétait toutes ses petites phrases d'une voix éclatante, et lui frédonnait les plus jolies chansons.

Quelquefois aussi, quand ses frères et sa sœur étaient réunis auprès d'elle, Eulalie, pour les divertir, ouvrait la cage de *Favori*; puis elle allait s'asseoir bien loin de là dans un coin de la chambre. On voyait bientôt l'oiseau descendre des bâtons en sautillant, puis, arrivé à l'entrée de sa cage, pencher sa petite tête à droite, à gauche, comme pour s'assurer de l'endroit où était cachée sa jeune maîtresse, et tout d'un coup prendre sa volée vers elle, et aller se reposer sur son épaule ou se percher sur le doigt que lui tendait Eulalie. Cette fidélité de l'oiseau à revenir ainsi vers elle porta la petite fille à tenter un essai : c'était d'emmener *Favori* dans le jardin pour lui faire entendre le chant des rossignols et des fauvettes. C'était bien hardi, mais Eulalie eut la précaution d'attacher à la patte de l'oiseau un léger ruban rose dont elle tenait le bout, afin de pouvoir ramener plus facilement le petit chanteur s'il était tenté de s'envoler trop loin. Cet essai réussit parfaitement, et ce fut dès lors un nouveau divertissement pour tous les enfants de suivre leur sœur qui, son oiseau sur la tête ou sur l'épaule, se promenait par toute la maison et même dans le jardin, où les enfants riaient de bon cœur en voyant le petit oiseau, d'abord attentif à la belle voix du rossignol, l'écouter avec

ravissement, puis bientôt en de-
venir jaloux , hérisser les plumes
de sa tête, et, d'un air courroucé,
s'égosiller pour tâcher de l'imiter.

L'idée qu'avait eue Eulalie d'emmener avec elle son cher *Favori*
fit naître un semblable désir dans
l'esprit de Louise et d'Albert :
l'une accoutuma la chatte à la
suivre aussi dans le jardin; l'autre , ayant mis ses petits cochons
d'Inde dans un panier, sur de la
mousse dont le vert sombre faisait
ressortir les vives couleurs de leur
poil brillant et lustré, les porta
chaque matin sur la pelouse, où

il s'amusait à leur voir faire mille
sauts, mille culbutes des plus di-
vertissantes. Quant au petit Gustave, comme lui et son chien ne se
quittaient guère, il n'y eut rien
de changé dans leurs allures.

Un matin, après le déjeuner,
pendant lequel aucun des petits
favoris n'avait été oublié : l'oiseau avait eu son petit morceau
de sucre, la chatte une goutte de
lait, le chien force morceaux de
pain trempés, et les porcelets
une petite part de gâteau au riz
qu'Albert leur avait portée dans
la cabane où ils logeaient dans

la cour, les enfants demandèrent
à leur mère la permission d'aller
tous ensemble jouer dans un
grand verger faisant suite au jardin, et dont on réparait alors le
mur, qui s'était écroulé en partie,
pendant l'hiver. Mme Dubreuil
hésita un moment avant d'accor-
der cette permission, parce que,
aimant beaucoup à avoir ses enfants sous ses yeux, elle trouvait le
verger bien éloigné de la maison ;
l'idée de la brèche faite au mur,
et qui laissait une sortie dans la
campagne et non loin d'une petite
rivière, lui causait aussi une sorte

d'inquiétude ; toutefois , comme elle était vivement sollicitée par toutes ces petites mines caressantes, elle céda à leurs instances, et donna son consentement, à condition qu'on jouerait dans le verger seulement, et surtout qu'on ne sortirait pas par la brèche ; « car, ajouta la mère , les maçons ne travaillent pas aujourd'hui, et, si vous vous approchiez de ce mur chancelant, une pierre pourrait s'en détacher et vous tuer ou vous blesser grièvement. » Tous promirent d'observer cette défense, et, ivres de joie, sortirent en tu-

multe de la salle à manger, chacun emportant, outre des jouets,
le petit animal qui d'ordinaire
partageait ses plaisirs. Ainsi Eulalie, son oiseau voltigeant de
toute la longueur de son ruban
rose, ouvrait la marche; Louise,
sa chatte sous le bras, la suivait;
Albert prit dans la cour la corbeille aux petits cochons d'Inde,
et Gustave, appuyé sur *Médor*,
fermait la marche.

On était à la fin d'avril; l'air
était doux, le soleil resplendis-
sant; et les arbres, tout blancs
de fleurs, avaient l'air d'énormes

bouquets. Au-dessus de l'herbe verte et touffue du verger on voyait s'élever les jaunes primevères, les blanches pâquerettes, les gobelets d'or, les narcisses, les jacinthes sauvages et toutes les plus charmantes fleurs du printemps. Quelle joie pour les petites filles! Quelle moisson charmante à faire! car on pouvait fourrager tout cela sans crainte d'être grondé ou de mal faire; que de bouquets à former! que de couronnes à tresser! (on avait apporté du gros fil pour cela.) Et puis des papillons de toutes couleurs que

l'on poursuivait à perdre haleine !
qu'on attrapait quelquefois, pour
les admirer de plus près seulement, et non pour les tourmenter,
ni leur arracher les pattes ou les
ailes, comme font souvent de mé-
chants enfants, qui prennent un
cruel plaisir à faire souffrir les
petites bêtes. Mais ce n'étaient pas
nos bons petits enfants qui eussent fait pareille chose. Ils avaient
des jeux plus gracieux et plus
doux. Ainsi les petites filles, après
avoir fait de jolies couronnes
de fleurs pour elles et pour leurs
frères, se promenaient en chan-

tant, ou regardaient les cerisiers fleuris, et se réjouissaient du jour où ils seraient tout rouges de cerises, comme ils étaient alors tout blancs de fleurs. Gustave, qui avait passé sa couronne au cou du bon *Médor*, était monté sur son dos, et le doux animal, tout fier de cette parure, trottait d'un pas égal et sûr tout autour du verger.

Pendant ce temps, Albert, qui essayait par tous les moyens possibles de faire faire aussi quelque manœuvre à ses petits cochons d'Inde, s'avisa de leur apprendre à traîner la légère corbeille dans laquelle il les avait apportés, en leur passant au cou, en guise de traits, deux cordons attachés au bas de la corbeille. Tout émerveillé de son invention, il appela ses sœurs, et leur fit voir d'un air de triomphe cette espèce de char, dans lequel il avait mis les joujoux de Gustave et la poupée de Louise. La figure étrange que faisaient les petits cochons d'Inde ainsi attelés excita de bruyants éclats de rire parmi la petite troupe folâtre, et tous suivirent le nouvel attelage en battant des mains et poussant

de joyeuses clameurs. Mais tout
ce bruit, auquel se mêlèrent bientôt les aboiements de *Médor*, qui,
après avoir déposé à terre son
jeune maître, n'était pas moins
ardent que les autres à la poursuite; tout ce bruit, dis-je, ne
tarda pas à effrayer les pauvres
petites bêtes, qui commencèrent
à courir à bride abattue, tout
droit devant elles, il est vrai,
mais dans la direction de la brèche; elles la traversèrent rapides
comme un trait, et s'enfuirent
dans la campagne.

La vue de la corbeille sautil-

lante, et qui, dans sa course vagabonde, semait sur le chemin
les joujoux dont elle était rem-
plie, guida d'abord les enfants
attachés à la poursuite des petits
fugitifs; la crainte de les perdre
de vue, le désir de les rattraper,
et surtout celui de délivrer les
pauvres petits de cette machine,
qui devait finir par les étrangler,
firent oublier aux enfants la défense de leur mère! Non-seulement
ils franchirent la brèche, mais en
continuant à courir ainsi, ils arrivèrent au bord de la rivière.
Là seulement, Albert parvint à

mettre la main sur les petits effarouchés ; ceux-ci se débattaient
comme des furieux, et jouaient
même de la griffe, tant l'épouvante avait troublé leur naturel
pacifique et doux. Les enfants,
tout contristés des résultats d'un
jeu d'abord si plaisant, s'assirent
au bord du chemin, et se mirent
à caresser les pauvres petits, jusqu'à ce que ceux-ci fussent cal-
més ; mais voyez, mes enfants,
vous qui lisez ceci ! voyez jusqu'où mènent l'inattention et
l'étourderie. Certes, Eulalie, Albert et les autres, n'avaient pas

eu la coupable intention d'être désobéissants, et c'était bien sans s'en apercevoir qu'ils avaient franchi le dangereux passage que leur mère leur avait recommandé d'éviter; mais au lieu de se rappeler sa défense, au lieu surtout de retourner aussitôt sur leurs pas, ils ne songèrent plus qu'au plaisir d'avoir rattrapé leurs petits cochons d'Inde, de se trouver dans une belle prairie qu'ils n'avaient jamais vue, et de cueillir des fleurs sur le bord de l'eau fraîche et transparente. C'est ainsi qu'il en arrive,

quand on commet une première
faute; bientôt une autre la suit,
et souvent un affreux malheur en
devient le châtiment; écoutez quel
fut celui de nos jeunes étourdis!

Une barque, chargée de pierres
destinées à la réparation du mur ,
était attachée , par une corde lâ-
che, à un poteau planté sur la
rive, et, malgré son poids, se ba-
lançait doucement au cours de
l'eau. Une planche, appuyée d'un
bout sur le sable, et de l'autre
sur le bord de la barque, permettait d'y entrer. Par une ten-
tation à laquelle nos étourdis ne

surent point résister, et au risque de se noyer en tombant dans la rivière, très-profonde dans cet endroit, ils se défièrent à qui passerait le plus lestement sur l'espèce de pont périlleux que formait la planche. Quoique celle-ci tremblât sous leurs pieds, la sage Eulalie, son oiseau sur l'épaule; le grave Albert, portant sa corbeille où il avait replacé ses petits cochons d'Inde; Louise, sa chatte sous le bras, et jusqu'au petit Gustave, bêtes et enfants, tous y passèrent, et, charmés de leur équipée, se

mirent à faire pencher la barque
de droite et de gauche pour se
balancer ; quand je dis tous, je
me trompe, car *Médor* était resté
à terre, et semblait suivre d'un
œil inquiet tous les mouvements
de ses jeunes amis; il donnait
même des signes d'impatience ,
grattait la terre avec ses ongles,
poussait un demi-aboiement comme s'il eût voulu les avertir de quelque danger ; mais les petits im-
prudents ne l'écoutaient point,
et, réunis sur l'arrière du bateau, continuaient leurs dange-
reuses folies. Tout à coup, les

pierres placées au centre de la
barque, et qui la maintenaient en
équilibre, se dérangèrent par le
mouvement imprimé à la petite
embarcation, et commencèrent à
rouler à grand bruit à l'avant,
qui s'enfonça profondément dans
l'eau, tandis que la partie opposée
où se trouvaient les enfants s'é-
leva de toute la longueur de la
corde, et demeura ainsi dans une
position oblique. Le bateau n'était
plus retenu au rivage que par la
corde, et les malheureux enfants
étaient en grand danger d'être

précipités tous quatre dans la rivière.

A la vue du péril, tous poussèrent un cri de terreur, et se cramponnèrent comme ils purent à la corde, au bord de la barque, et à l'espèce de coffre qui sert de siége au rameur. Dans ce mouvement subit tous lâchèrent ce qu'ils tenaient en leurs mains : l'oiseau, rendu à la liberté, s'envola à tire-d'aile, la chatte épouvantée ne fit qu'un bond de la barque sur le sable, et la corbeille où étaient les petits cochons d'Inde tomba dans l'eau et fut poussée, on

ne sait comment, au rivage. Mais
que devinrent les malheureux enfants quand, au milieu de leur dé-
sastre, et suivant d'un œil inquiet
la fuite de leurs petits favoris,
ils virent leur jeune frère, leur
cher Gustave, qui, ayant perdu
l'équilibre, et déjà à moitié en-
glouti dans l'eau profonde, ne
laissait plus voir que ses petites
mains, s'agiter à la surface!
Mais avant qu'ils eussent pu bien
comprendre toute l'horreur de
ce moment, *Médor*, le brave
chien, s'était jeté à l'eau; sai-
sissant l'enfant par sa blouse,

heureusement serrée par une
forte ceinture , il le tira adroi-
tement hors de l'eau , et le traîna
sur le sable , où le pauvre petit
demeura étendu , pâle , et sans
mouvement, car il était évanoui !
Le bon chien, qui semblait devi-
ner la gravité de son état , tournait autour de lui dans une dou-
loureuse anxiété , lui léchait
le visage, les mains, cherchait à
le relever en le poussant avec son
museau , puis se remettait à hur-
ler d'une voix lamentable, comme
pour appeler du secours. L'éloi-
gnement où l'on était de la mai-

son n'eût peut-être pas permis
que l'on y entendît cet appel dé-
sespéré, auquel se joignaient encore les cris des enfants, si la
Providence n'avait pris soin de
dépêcher de plus rapides messa-
gers vers la malheureuse mère.
L'oiseau d'Eulalie avait pris son
vol dans la direction de la maison;
la chatte, frappée d'une peur
horrible à la vue de l'eau où
elle avait failli être précipitée,
avait suivi la même route, et, le
dos hérissé, la queue gonflée,
elle atteignit bientôt la grande
allée du jardin, où le jardinier

s'arrêta pour la voir passer, ne sachant que penser de cette course précipitée. Il n'y eut pas jusqu'aux petits cochons d'Inde, qui, par la permission de Dieu, ne jouassent aussi leur rôle dans cette circonstance ; car, ayant regagné la cour, les pauvres bêtes se jetèrent, à demi mortes de fatigues, dans les jambes de la fille de basse-cour. Cette fille, toute surprise de les voir ainsi haletants, et sans leur jeune maître, en fit faire la remarque à Mᵐᵉ Dubreuil, qui se trouvait à l'entrée du jardin. Au même moment, celle-ci aperçut le serin d'Eulalie, traînant après lui son ruban rose, et volant d'un air inquiet, et comme effarouché ; à cette vue, la pauvre mère s'écria : « Grand Dieu ! il est arrivé malheur à mes enfants ! » et elle s'élança du côté du verger. Le jardinier, alarmé comme elle, la suivit ainsi que la servante. En entrant dans le verger, la malheureuse mère, n'y voyant pas ses enfants, fut saisie d'un affreux pressentiment ; elle courut précipitamment vers la brèche du mur, et que devint-elle lors-

qu'elle aperçut trois de ses enfants, les bras entrelacés, et
comme suspendus sur le haut du
bateau, tandis que l'autre, étendu
sur le sable, et près duquel le fidèle *Médor* continuait à pousser
de plaintifs hurlements, paraissait avoir rendu le dernier sou-
pir!...

S'élancer vers eux, relever
l'enfant, pendant que le jardinier,
aidé de la servante, l'un dans
l'eau jusqu'à la ceinture, et
l'autre sur le bord, arrachait
les trois petits malheureux au
péril qui les menaçait, fut l'af-

faire d'un instant, et même, tout
ce qui venait de se passer avait
duré moitié moins de temps qu'il
ne m'en a fallu pour le raconter.
Bientôt le petit Gustave, que
l'épouvante autant que le froid
de l'eau avait fait évanouir, reprit ses sens, et, jetant ses petits
bras autour du cou de sa mère,
lui dit d'une voix encore un
peu troublée : « Oh! maman! ma
bonne petite maman! » mots
si doux à l'oreille d'une mère!
Celle-ci, toujours agenouillée, et
serrant avec transport contre
son sein le petit enfant sauvé,

remerciait Dieu de la faveur si-
gnalée qu'il venait de lui faire;
car, en voyant sains et saufs devant elle ses trois enfants, et
le chien qui secouait encore ses
longs poils mouillés, elle com-
prenait la grandeur du péril
que tous quatre venaient de courir, et son cœur se gonflait à
la fois de joie, d'horreur, et de
profonde reconnaissance.

Toutefois, sans jeter un seul
regard sur les trois coupables,
qui, le visage baigné de larmes
et couvert de confusion, se
tenaient timidement à quelque

distance, Mme Dubreuil appela
près d'elle le bon chien. Le pauvre animal, depuis le moment où
il avait vu son jeune maître rou-
vrir les yeux, ne cessait de faire
des bonds joyeux et de courir de
l'un à l'autre comme pour leur
faire partager sa joie. « Bon chien,
lui dit Mme Dubreuil, en lui passant la main sur la tête, viens
ici, que je te caresse et te remercie ! tu as obéi à l'espèce de
raison que le bon Dieu t'a don-
née ; tu as sauvé de la mort ton
petit maître, qui allait périr par
l'effet de la coupable imprudence

de trois étourdis, doués d'une raison bien supérieure à la tienne, et qui pourtant, dans cette circonstance, n'ont pas seulement songé à la défense de leur pauvre mère, ni à l'affreux chagrin qu'ils allaient lui causer en s'exposant ainsi, eux et leur petit frère, au plus grand des périls !.... »

Ici des sanglots éclatèrent, et des torrents de pleurs furent d'abord la réponse à ce juste reproche. « Oh ! pardon ! pardon ! maman ! » dirent à la fois les trois enfants. « Oh ! pardonnez-nous ! car nous sommes bien punis de

notre désobéissance ! » ajoutèrent-
ils en tombant tous trois à genoux.
« Oh ! ne les grondez pas, petite
maman, dit à son tour le petit
Gustave, ils ne l'ont pas fait ex-
près. » Et l'aimable enfant cou-
vrait de baisers le visage de sa
mère. Celle-ci, attendrie par cette
touchante prière et par le profond
repentir dont les petits coupables
paraissaient pénétrés : « Je vous
pardonne, malheureux enfants !
dit-elle en ouvrant ses bras, où
tous trois se précipitèrent ; oui,
je vous pardonne, en faveur de
votre repentir, et veux bien ne

pas vous infliger d'autre punition
que celle qu'en effet vous avez
déjà subie. Dieu a été bien bon
envers vous, mes enfants! car,
malgré la désobéissance dont vous
veniez de vous rendre coupables,
il a permis que vos petits animaux
effarouchés, en accourant vers
moi, m'avertissent de votre danger; tandis que le plus fort et le
plus courageux d'entre eux, après
avoir sauvé l'un de vous, demeurait en quelque sorte votre gardien
jusqu'à ce que le secours arrivât.
N'oubliez jamais ce miraculeux
événement, mes enfants! et que

ce soit pour vous une occasion de
bénir la bonté de notre Père céleste et son infinie miséricorde!...
Et maintenant, ajouta la mère,
en enveloppant de son châle le
petit Gustave, qui commençait
à grelotter dans ses vêtements
mouillés, retournons au logis,
où peut-être votre père est fort
inquiet de mon absence. »

Les enfants, heureux d'être
pardonnés, firent mille caresses
à leur mère, en lui promettant
d'être à l'avenir dociles à ses moin-
dres ordres; et tous ensemble re-
prirent le chemin de la maison.

En repassant à travers la fatale brèche, Albert raconta à sa mère comment, sans le vouloir, ils avaient tous franchi le passage défendu en courant à la poursuite des petits cochons d'Inde; comment, au lieu de retourner sur leurs pas après avoir attrapé les fugitifs, ils avaient eu la mauvaise pensée d'entrer dans la barque pour se balancer sur l'eau; enfin tout ce qui s'en était suivi.

« Vous voyez dans tout ceci, mes enfants, dit alors la bonne mère, une nouvelle preuve de cette grande vérité : que *toujours*

*une faute d'une autre est suivie,
quand on ne s'arrête pas à la première.* N'oubliez jamais cette leçon, et, pour mieux en garder
le souvenir, répétez souvent ces
vers en forme de prière, et tirés
d'un ouvrage écrit pour vons,
que vous lirez sans doute dans
quelques années :

L'erreur le plus à craindre est souvent la
    moins haute;
Le péril le plus grand, celui qu'on ne voit pas.
Puisque tout le chemin dépend du premier pas,
Préservez-moi, Seigneur, de la première faute.»

Albert, dont la mémoire était
excellente, retint tout de suite ces

quatre vers, et s'engagea à les apprendre à ses sœurs, et même au petit Gustave.

Ils arrivèrent ainsi à la maison, où chacun retrouva, à sa grande joie, son petit favori : Eulalie, son oiseau perché sur le haut de sa cage et chantant à plein gosier; Louise, sa chatte occupée à lisser son poil que sa course vagabonde avait un peu ébouriffé ; et Albert, ses petits cochons d'Inde, qui, pour se remettre de leurs fatigues, dormaient déjà dans un coin de leur cabane.

Quant à *Médor*, comme il n'a-
vait pas quitté ses amis, il fit une
entrée triomphante dans la cour.
En apprenant le beau trait qu'il
venait de faire, c'était à qui lui
donnerait des éloges, et surtout
force friandises. Le bon chien,
quoique fort sensible à toutes ces
marques d'attention, ne s'en montrait pas plus fier, et recevait les
caresses, les morceaux de sucre,
les croûtes de pâté, les os de pou-
let et les compliments avec une
égale reconnaissance; mais bientôt, par l'effet d'une modération
dont bien peu d'enfants et même

de gens raisonnables eussent été
capables, le sage *Médor* sentit
qu'il avait assez des uns et des autres; il s'arracha courageusement
aux douceurs de la flatterie comme
aux séductions de la gourmandise,
et alla reprendre son poste près
du berceau du petit Gustave,
qu'on venait de coucher pour
achever de remettre ses sens encore un peu troublés de sa chute
dans la rivière.

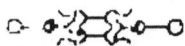

PETIT-PIERRE ET PIERRETTE

OU

LES NOUVEAUX ENFANTS PERDUS DANS LES BOIS.

Vous a-t-on jamais conté, mes chers petits lecteurs, la touchante histoire des *enfants perdus dans les bois?* Cette vieille

ballade anglaise a fait couler bien
des larmes, et peu d'enfants l'en-
tendent encore aujourd'hui sans
se sentir le cœur pénétré d'une
tendre pitié pour les pauvres orphelins qui en sont le sujet. En
effet, peut-on, sans être ému, lire
ce triste récit, où l'on voit ces in-
nocentes créatures, abandonnées
par un méchant tuteur au milieu d'une sombre forêt, parcou-
rant ces lieux déserts dans une
mortelle angoisse, ne trouvant
pour apaiser leur faim que
des fruits amers ou quelques
mûres sauvages', dont le jus

noir *tachait leurs jolies bou-
ches*, sans pouvoir étancher la
soif qui les dévorait? Qui a lu,
sans pleurer, ce passage où il
est dit que les pauvres enfants,
après avoir erré tout le jour,
la gorge et les yeux enflés à
force d'avoir crié et pleuré, tombèrent enfin, épuisés de fatigue,
au pied d'un chêne, s'embrassèrent tendrement, s'endormi-
rent dans les bras l'un de l'autre, et, glacés par le froid de la
nuit, ne se réveillèrent plus!...
Qui ne se souvient de ce joli
petit oiseau appelé le *rouge-*

gorge à cause de la belle couleur rouge - orange qui couvre sa gorge et sa poitrine, lequel ne peut, dit-on, voir un corps mort exposé aux attaques des bêtes sauvages, sans chercher à l'en garantir; comment, le lendemain, le beau rouge-gorge, en voyant les pauvres enfants morts de froid, et exposés à la dent cruelle des loups ou au bec tranchant des oiseaux de proie, s'empressa de couvrir leurs petits corps de feuilles et de mousse, de manière à les cacher à tous les yeux !... Oh! c'est un récit aussi triste que touchant, et qui doit porter les petits cœurs de ceux qui le lisent, à une vive reconnaissance envers Dieu, quand il leur a donné de bons et tendres parents ou des protecteurs zélés, qui veillent avec tant de soin sur leur enfance.

Je veux aussi vous raconter une histoire de deux enfants perdus dans les bois; mais le dénouement de cette histoire, quoique moins funeste que celui de la ballade anglaise, ne sera pas pour vous, j'en suis sûre, d'un moindre intérêt.

Dans une pauvre chaumière, la dernière d'un petit hameau situé à l'entrée de la forêt de Compiègne, demeurait une brave femme, appelée Madeleine Remy et mère de deux enfants, dont l'aîné n'avait pas huit ans, et la plus jeune achevait sa sixième année; Petit - Pierre et Pierrette étaient leurs noms. Madeleine, dont le mari suivait les armées depuis plusieurs années, était arrivée dans ce pays à la fin d'une grande guerre qui, ayant dévasté toute la contrée où elle était née, l'avait forcée

de quitter son pauvre village,
incendié par l'ennemi, pour chercher un asile et du travail dans
un pays plus tranquille. A force de
marcher, autant que le lui permettait le double fardeau de deux
enfants dont elle nourrissait le
plus jeune, et du peu de nippes
qu'elle possédait, la pauvre Madeleine était arrivée, au pied des
montagnes de l'Argonne, dans
ce hameau, où, étant tombée malade, elle fut soignée et recueillie
avec toutes sortes de bontés par
les bûcherons qui l'habitaient;
le bon accueil et les instances qui

lui furent faites l'engagèrent à
s'y fixer. Un des principaux
habitants lui céda une petite
chaumière, où elle s'établit. Les
autres, non moins charitables,
lui promirent les meubles et les
ustensiles de première nécessité.
On lui prêta une vache, dont elle
fit plus tard l'acquisition ; et
comme la brave femme était
pleine de courage et fort labo-
rieuse, elle ne tarda pas en effet à
s'acquitter de tous ces bienfaits
par son travail et son activité ;
sa vie même lui eût paru assez
douce sans la cruelle inquié-

tude où elle était au sujet du sort de son mari. Remy, après avoir passé quelque temps au pays, l'avait quitté peu de mois avant la naissance de sa petite fille, pour se rendre avec la grande armée en Allemagne, en Pologne, en Russie; et depuis l'incendie de Moscou, qui força l'armée française à revenir sur ses pas à travers mille dangers, et à subir mille revers, Madeleine n'avait plus reçu aucune nouvelle de son mari. Était-il mort? était-il, comme tant d'autres, demeuré prisonnier après cette fa-

tale campagne? L'avait-on envoyé
en Sibérie? Dieu seul le savait,
et la pauvre femme n'avait pu se
procurer aucun renseignement à
cet égard; cependant, en enten-
dant parler de temps à autre du
retour imprévu de quelques-uns
de ces malheureux exilés, Madeleine reprenait courage, et, se
rattachant à cette dernière espé-
rance, elle conjurait Dieu de
vouloir bien la réaliser.

Il y avait donc près de six ans
que Madeleine habitait sa chaumière, élevant de son mieux ses
enfants dans l'amour de Dieu

et celui du travail; car la pauvre femme, fort ignorante elle-même, ne pouvait leur enseigner autre chose ; et le lieu où elle avait trouvé asile était si chétif, qu'il n'y avait pas seulement une école pour pouvoir faire apprendre à lire aux enfants. Madeleine en avait souvent le cœur tout contristé, mais elle se soumettait en cette peine, comme en toute chose, à la volonté de Dieu, et tâchait d'occuper ses enfants, suivant leurs forces et leur intelligence, à mille choses utiles au petit ménage. Ainsi, chaque jour

Petit - Pierre allait dans la forêt
ramasser du bois mort, qu'il
mettait en tas, et que sa mère,
après l'avoir lié en fagot, rapportait pour la provision d'hiver. Au printemps, aussitôt que
le foin était mis en meules, le
petit garçon, armé d'un grand râ-
teau, allait dans les prés râteler
ce que les faneuses en avaient
laissé, et amassait ainsi de quoi
nourrir la vache. Au temps de la
moisson, Petit-Pierre suivait les
lieurs de gerbes et ramassait
brin à brin les épis de blé épars
sur les chaumes, les réunissait en

gros bouquets dont il chargeait
son épaule, jusqu'à ce que le
poids du grain, devenu trop
lourd, l'obligeàt à revenir à la
maison; en automne il faisait
également une petite récolte du
raisin oublié dans les vignes,
des noix laissées sous les noyers,
des pommes de terre, des carot-
tes et autres racines demeurées
sur les champs après qu'on en
avait enlevé les bottes; et toutes
ces diverses choses, qui sont,
dans les campagnes, comme les
petites récoltes du pauvre labo-
rieux, et que la mère, en bonne

ménagère, savait employer utilement, suffisaient aux plus impé-
rieuses nécessités du petit ménage.

Quant à Pierrette, son jeune
âge l'empêchait encore de faire
grand'chose, mais elle donnait
à manger à quelques poules que
Madeleine élevait sous un petit
appentis adossé à la chaumière,
et où la vache, qui nourrissait
toute la famille, avait son étable.
La petite fille, déjà propre et
soigneuse, lavait chaque matin,
dans le ruisseau qui coulait près
de là, les plats, les écuelles de

terre et les cueillers de bois,
qui faisaient toute leur vaisselle;
elle gardait la vache à l'entrée
du bois, empêchant bien l'animal d'en brouter les jeunes taillis; et, sans avoir peur de son
gros muffle, ni de ses cornes,
elle la conduisait partout, soit
au pâturage, soit à l'abreuvoir;
suivant l'ordre que lui en donnait sa mère. De son côté, celle-
ci ne perdait pas un moment,
sa quenouille se chargeait plus
d'une fois par jour d'un lin
choisi, qu'un tisserand de Compiègne lui donnait à filer; tra-

vail qui lui rapportait un peu
d'argent pour se procurer à
elle et à ses enfants de quoi se
vêtir et payer le loyer de la
chaumière; toutefois ses gains
étaient fort médiocres, et il lui
fallait bien travailler pendant
toute une semaine pour gagner
vingt sous. Aussi Petit-Pierre,
qui commençait à réfléchir, se
disait souvent, en voyant sa pauvre mère ne prendre aucun repos:
« Ah ! si je pouvais seulement gagner aussi un peu d'argent, maman ne serait pas obligée de tant
travailler ! » Cette pensée, inspi-

rée par son bon cœur, lui revint
surtout à l'esprit un jour que sa
mère se disposait à reporter son
fil au tisserand. Comme elle devait être quelques heures dehors,
elle prépara, avant de partir,
le dîner de ses enfants, leur
indiqua ce qu'ils avaient à faire,
et, sans les contraindre à de-
meurer au logis tout le temps
que durerait son absence, elle
leur recommanda seulement de
ne pas trop s'en éloigner.

Au moment où elle allait partir, Petit-Pierre, qui roulait son
projet en tête, lui dit : « Mère,

puisque la vache ne sortira pas
aujourd'hui, et que nous n'avons
presque rien à faire à la maison,
permettez - nous d'aller dans la
forêt jusqu'au carrefour du *Haut-
Chêne*. Vous savez? ce n'est pas
bien loin. Il y a là de grandes
places toutes couvertes de fraisiers, qui étaient tout blancs de
fleurs il y a quinze jours, et qui
doivent être aujourd'hui tout
rouges de fraises; nous en cueil-
lerons pour vous régaler à votre
retour, et puis encore pour autre
chose..., que je vous dirai si notre
récolte est comme je l'espère, »

ajouta-t-il d'un air un peu mys-
térieux, mais auquel la mère,
pressée de partir, ne fit qu'une
légère attention. « Je le veux
bien, dit-elle, à condition que
vous ne vous quitterez pas, que
vous ne courrez pas de côté et
d'autre de manière à vous échauf-
fer, comme vous le faites quelquefois, et qu'après avoir cueilli
vos fraises vous reviendrez ici
attendre bien gentiment mon retour. » Les enfants, enchantés de
cette permission, promirent tout
à leur mère, et l'embrassèrent
tendrement ; mais Petit-Pierre,

6

au lieu de l'accompagner, ou du
moins de la suivre longtemps des
yeux, comme il en avait l'habitude lorsqu'elle s'éloignait d'eux,
Petit-Pierre, dis-je, fit un bond
joyeux ; et, entraînant sa sœur
dans la maison, il lui fit part de
son projet.

« Vois-tu, Pierrette, lui dit-il
en détachant deux paniers de la
muraille et lui donnant le plus
petit, nous allons remplir ces
deux paniers des bonnes fraises
qui sont dans le bois ; nous en
donnerons un à notre mère ; je
mettrai l'autre au frais ; et de-

main, avant qu'elle soit éveillée, je me lèverai tout doucement, je sortirai de même, et j'irai porter ce panier aux maîtres de cette grande maison qui est à une demi-lieue d'ici sur la route de Chauny. Je sais qu'il y a là de petits enfants, qui seront bien aises, j'en suis sûr, de manger ces fraises, et pour lesquelles leur père me donnera peut-être bien une pièce de vingt sous, que j'apporterai à notre mère; et elle pourra du moins se reposer pendant toute une semaine. Mais tu ne lui diras rien de ce projet, entends-tu,

Pierrette ! car elle ne voudrait
peut-être pas me laisser aller si
loin tout seul..... »

La petite fille, qui entrevoyait
là une sorte de désobéissance ,
allait peut-être faire quelque ob-
jection, mais Petit-Pierre ne lui
en laissa pas le temps ; et il sut si
bien l'éblouir par la peinture de
ses espérances et la joie qu'ils
auraient de gagner une pièce de
vingt sous pour leur mère, qu'elle
lui promit de ne rien dire à celle-
ci ; et tous deux, après avoir dé-
jeuné avec un bon morceau de
pain bis trempé dans une écuelle

de lait, fermèrent la porte de la chaumière, examinèrent avec soin si celles de l'étable et du petit poulailler étaient closes, et, se prenant par la main, se dirigèrent vers la forêt.

C'était par une belle matinée du mois de juin; l'air, doux et frais, était embaumé par le parfum des foins, qu'on commençait à couper dans les environs. L'aubépine était défleurie, mais les buissons d'églantiers, tout couverts de roses sauvages, jetaient leurs longues guirlandes fleuries jusque sur le chemin; les abeilles bourdonnaient sur les fleurs ; les oiseaux chantaient sous la feuillée ; enfin la terre semblait un vrai paradis. Les enfants, tout joyeux, entrèrent bientôt dans la route ombragée qui conduisait au carrefour du *Haut-Chêne*, ainsi nommé parce qu'il y avait là un des plus anciens arbres de la forêt, remarquable par sa taille gigantesque et l'étendue de ses branches. Plusieurs routes aboutissaient à ce carrefour, et, dans les places découvertes qui s'étendaient alentour, une immense quantité de fraisiers, les uns en fleurs, les autres déjà couverts de fruits, teignaient toute la pelouse depuis le blanc le plus pur jusqu'au rouge le plus éclatant.

A cette vue, la joie des deux enfants fut extrême; ils se mirent aussitôt à cueillir les fruits les plus beaux, les plus mûrs, et les placèrent dans leurs paniers, au fond desquels Petit-Pierre avait mis de grandes feuilles de fougère pour tenir les fraises plus fraîches et les empêcher de s'écraser. Et le croirait-on? tout en cueillant ces délicieux petits fruits, tant aimés des enfants, c'était à peine si

Petit-Pierre et Pierrette pensaient à y goûter; tant ils étaient empressés à leur besogne et occupés de l'idée qu'ils travaillaient pour leur mère. Petit-Pierre pensait que plus son panier serait rempli, mieux aussi il en vendrait le contenu, et plus il aurait d'argent à rapporter à sa bonne mère; et cette pensée, que les deux enfants se communiquaient de temps à autre, excitait de plus en plus leur ardeur.

Deux heures se passèrent dans cette occupation. Les pauvres petits ne l'interrompaient quelque-

fois que pour essuyer leur front
baigné de sueur, ou se reposer
un moment; et telle était l'abondance des fraises dans cet endroit,
que les autres enfants du hameau
n'avaient pas encore songé à visi-
ter, que non-seulement les paniers
apportés par Petit-Pierre et Pierrette se trouvèrent pleins, mais
qu'on eût pu facilement en re-
cueillir encore deux fois autant.
Cette abondance jeta le petit garçon dans une sorte de pénible em-
barras. Sans songer s'il trouverait
bien le débit de tant de fraises à la
fois, il éprouva, avec le regret de

n'avoir pas apporté un plus grand panier, le plus violent désir d'emporter ce même jour tout ce qu'il y avait là de fraises mûres. Pour cela, il fallait retourner au logis. Il dit donc à sa sœur : « Écoute, Pierrette, tu vas m'attendre ici, tandis que j'irai porter nos deux paniers à la maison. J'en rapporterai un plus grand, que nous remplirons facilement de tout ce que tu vas cueillir pendant ce temps-là ; et demain.....

— Oh ! non, mon frère ! dit la petite fille, alarmée à l'idée de rester seule dans les grands bois,

je m'ennuierais trop sans toi ;
et puis, tu sais bien que notre
mère nous a recommandé de ne
pas nous quitter.... J'aime mieux
aller avec toi, quitte à revenir.

— Mais tu seras peut-être trop
fatiguée de faire deux fois la
course, car il y a loin d'ici chez
nous.....

— Je le sais bien, se hâta de
dire la petite, qui ne voulait pas
céder au désir de son frère ; mais,
vois-tu, Petit-Pierre, je ne crains
rien quand tu es avec moi.... Mais
quand je suis toute seule, j'ai
peur.

« — Peur ! dit en riant le courageux petit garçon, qui ne craignait rien au monde ; peur ! et de
quoi ? De la bête qui est dans ta
cotte, n'est-ce pas ? ajouta le petit
Lorrain, à qui cette plaisanterie
du pays revint à l'esprit. Eh bien !
viens donc, puisque tu ne veux
pas rester ! Tu sais bien que je ne
veux pas te contrarier, » ajouta-
t-il en embrassant Pierrette, car
il voyait, à sa mine craintive,
qu'elle était près de pleurer.

Rassurée par ces paroles et
cette caresse, la petite fille se leva
lestement, prit l'un des paniers,

devenu assez lourd par le poids du fruit qu'il contenait, et se mit courageusement en route avec son frère.

Celui-ci, un peu contrarié, faisait allonger le pas à Pierrette, car il prévoyait qu'en marchant de la sorte ils pourraient rester longtemps en chemin. Après être revenu au carrefour *du Haut-Chêne*, il avait pris une des routes qui y aboutissaient de diverses parties de la forêt. Il croyait être bien sûr que ce chemin était celui qui conduisait au hameau ; il lui semblait

même apercevoir, dans la partie éclairée qui se montrait à
l'extrémité, les toits de chaume
des habitations ; dès lors, un peu
rassuré en voyant en quelque
sorte le bout de sa course, le
petit garçon ne songea plus qu'à
la rendre moins pénible à sa
sœur ; de temps en temps il lui
prenait son panier pour la soulager, et lui racontait de mer-
veilleuses histoires que lui
avaient apprises les bûcherons
de la forêt, ou quelque petit
berger des environs ; mais plus
souvent il l'entretenait des bril-

lantes espérances qu'il fondait
sur la vente de ses fraises, et de
la joie qu'il aurait d'apporter à
leur mère (car c'était pour lui
une idée fixe), non-seulement
une, mais plusieurs pièces de
vingt sous. Dans son ambition
irréfléchie, Petit-Pierre croyait
que les fraises seraient inépui-
sables, et que les occasions de
les vendre ne lui manqueraient
pas. Ce sujet, en absorbant toute
son attention, abrégea pour lui
la longueur de la route; mais
quand, tout en jasant ainsi, il
arriva à l'extrémité du chemin

qu'il suivait depuis près de
trois quarts d'heure, Petit-Pierre
vit avec effroi qu'il s'était trompé
de direction, et qu'au lieu de
se trouver hors de la forêt et
presque en face de sa demeure,
il était arrivé dans un lieu décou-
vert, il est vrai, mais sans issues,
et où l'on avait fait une coupe
de bois l'hiver précédent. De
hautes piles de bois étaient encore sur le chantier, attendant
que les marchands qui les avaient
achetées les fissent enlever; et
leur forme carrée, leur couleur
grise, et les grands amas de fa-

gots qui les entouraient, avaient trompé l'œil du petit garçon, qui de loin avait cru voir les maisons du village.

A cette vue, Petit-Pierre fut consterné, car il fallait retourner jusqu'au carrefour, et Pierrette était déjà si fatiguée, qu'elle avait demandé à s'asseoir. Après s'être reposés un moment, les deux enfants rebroussèrent chemin, et hâtèrent le pas, dans l'espoir de se retrouver bientôt au point d'où ils étaient partis.

A peu près à la moitié du trajet, un sentier qui paraissait

assez fréquenté traversait la
route. Petit-Pierre pensa qu'en
le prenant ils regagneraient plus
promptement le chemin qu'ils
cherchaient, et l'imprudent petit
garçon n'hésita pas à s'engager
dans ce sentier tortueux, qui,
loin de conduire à aucune route,
s'enfonçait dans la partie la plus
sauvage de la forêt. Depuis ce
moment il fut impossible aux
malheureux enfants de retrouver
leur chemin ; ce fut en vain qu'ils
essayèrent, en retournant de nouveau sur leurs pas, de rejoindre
l'avenue qu'ils venaient de quit-

ter: les sentiers tracés par les
bêtes fauves de la forêt leur
firent commettre de nouvelles
erreurs ; et toujours marchant
ainsi, toujours espérant, à chaque éclaircie qu'ils apercevaient
au bout d'un sentier, retrouver
la route, ils descendirent par
une pente insensible dans cette
partie profonde et sauvage de la
forêt qui s'étend du côté de
Pierre-Fonds. Quand ils se virent
dans cette solitude, où n'aboutis-
sait plus aucun chemin, et recon-
naissant que leurs efforts pour en
sortir ne servaient qu'à les égarer

davantage , les pauvres enfants, excédés de fatigue, tombèrent au pied d'un rocher, et se mirent tous deux à pleurer.

Certes, il y avait bien de quoi ; plus de deux heures s'étaient écoulées depuis qu'ils avaient perdu leur chemin ; leur déjeuner était bien loin, et la faim commençait à se faire sentir ; ils avaient bien leurs paniers tout pleins d'excellentes fraises, mais les pauvres petits, avec leur projet de garder ce fruit pour leur mère ou d'en tirer parti, n'avaient garde d'y toucher. Jus-

qu'alors le soleil, en éclairant les
bois, en avait égayé les sombres
profondeurs, mais peu à peu de
gros nuages couvrirent tout le
ciel, et l'approche d'un orage
qui grondait dans le lointain
vint encore ajouter aux angoisses
des petits infortunés. De temps à
autre Petit - Pierre poussait des
cris perçants, dans l'espoir de
se faire entendre de quelque bû-
cheron occupé dans le voisinage;
mais l'écho des rochers répétait
seul ses cris, trop faibles pour
parvenir à une grande distance.
La pensée que leur mère, sans

doute de retour au logis, et ne les y trouvant pas, devait être dans une affreuse inquiétude à leur sujet, jetait dans l'âme du petit garçon un trouble douloureux, mêlé de remords; il se rappelait alors une maxime qu'elle leur avait souvent répétée : « N'ayez jamais rien de « caché pour votre mère, car « elle seule peut vous bien conseiller. » Et il avait eu un secret pour cette bonne mère! il lui avait caché son projet! ce qui, tout louable qu'était l'intention, n'en était pas moins un man

que de confiance, dont il se sen-
tait cruellement puni. Cette idée,
jointe à celle d'avoir entraîné sa
petite sœur dans sa folle entre-
prise, causa un tel désespoir au
pauvre enfant, qu'il éclata en
pleurs et en sanglots.

Pierrette, qui jusqu'alors n'a-
vait pas cessé elle-même de gé-
mir et de se lamenter, effrayée
de cette violence, se tut tout
à coup, et, prenant entre ses
bras la tête de son frère, tout
abîmé dans son chagrin, lui
dit avec autant de raison que
de tendresse : « Fi donc, Petit-

Pierre! que c'est vilain de pleurer comme cela pour un garçon! n'as-tu pas honte? Cela ne nous fera pas retrouver notre chemin. Mais sais-tu quoi? disons bien gentiment nos prières; le bon Dieu aime mieux les enfants qui prient, que ceux qui pleurent, vois-tu! peut-être qu'il nous entendra et nous fera retrouver le bon chemin; tiens, je vais commencer.» Et la gentille petite fille, qui, ne comprenant peut-être pas tout le danger de leur situation, n'était affligée que de la douleur immodérée de son frère, s'age-

nouilla auprès de lui, joignit les
mains, et commença la prière
du soir : « Mettons-nous en la
présence de Dieu, adorons-le,
etc., » et toutes les autres, telles
que sa mère les lui faisait répéter
chaque jour. Petit-Pierre imita
d'abord machinalement son exem-
ple ; mais bientôt ses pleurs s'arrêtèrent : en s'adressant ainsi au
Père céleste des orphelins et de
tous les abandonnés, le sentiment
d'une pieuse confiance pénétra ce
cœur ingénu et y fit luire comme
un doux rayon d'espoir.

Le frère et la sœur avaient à

peine terminé leurs prières, qu'un
bruit singulier se fit entendre dans
le feuillage. Petit-Pierre, alarmé,
et craignant qu'il n'annonçât l'approche d'un cerf ou celle plus
dangereuse de quelque sanglier,
dont il savait la forêt assez peu-
plée dans cette partie retirée, se
leva subitement, et, se plaçant
devant sa petite sœur, s'apprêta
à la défendre en brandissant ré-
solument un bâton qu'il avait
ramassé à la hâte. Mais quelle
fut la joyeuse surprise des deux
enfants, en voyant sortir du taillis
un homme d'un extérieur paisi-

ble et doux, lequel, en apercevant les deux enfants, fit un geste de la plus vive compassion, et leur dit : « Est-ce vous, mes pauvres petits, dont j'ai entendu la voix et les cris, lorsque je passais sur le chemin là-haut, au-dessus de ce rocher? Que faites-vous donc ici tout seuls ?

— Hélas ! Monsieur, dirent les deux enfants en allant à sa rencontre, nous nous sommes perdus depuis bien longtemps, et, en voulant retrouver notre chemin, nous nous sommes égarés encore davantage.

« — Oh bien ! reprit l'étranger, qui avait l'air d'un ancien soldat, quoiqu'il ne portât ni armes ni autre uniforme qu'un vieil habit militaire, venez avec moi, je vous remettrai dans le bon chemin..... D'où êtes-vous, mes petits amis ?

— Nous demeurons au hameau de *Frêne*, dit Petit-Pierre, tout à l'entrée du bois.

— Eh ! c'est justement où je dois coucher ce soir, reprit le voyageur ; suivez-moi, mais hâtons-nous, car la nuit approche, et il commence à faire bien noir dans ce vallon. »

En parlant ainsi, l'inconnu avait
pris la petite fille dans ses bras pour
aller plus vite; il remonta le sentier
tortueux par lequel il était des-
cendu dans cette gorge, et qui,
après quelques détours, rejoignait
la route du hameau tant cherchée
par Petit-Pierre et Pierrette.

Arrivés sur un terrain plus fa-
cile, l'étranger, s'apercevant que
Petit-Pierre, chargé de ses deux
paniers, restait un peu en arrière,
s'arrêta et demanda ce qu'il portait dans ces paniers, dont le poids
paraissait retarder sa marche.
« Oh, Monsieur, dit Petit-Pierre

d'un ton suppliant, car il craignait que l'étranger ne l'obligeât
à laisser là ses paniers, ce sont des
fraises que nous avons cueillies
dans le bois, et que je ne voudrais
pas perdre, parce que j'espère les
vendre demain à un riche monsieur qui me donnera peut-être
bien pour cela une pièce de vingt
sous, que je serais si joyeux de
donner à ma mère! Mais marchez
toujours, Monsieur, et ne vous
embarrassez pas de moi; je vous
suivrai de loin, et puisque vous
avez la bonté de porter Pierrette...

— Ah! ah! dit l'étranger en

regardant la petite fille avec intérêt, elle s'appelle donc Pierrette?

— Oui, Monsieur, répondit
gaiement celle-ci, et mon frère
Petit-Pierre, pour vous servir.

— Voilà de singuliers noms! »
dit encore l'étranger, comme si
ces noms eussent éveillé en lui
quelques doux et chers souvenirs;
mais, sans s'y arrêter davantage,
il ne parut s'occuper que du moyen
de soulager l'enfant de son fardeau et de lui faire faire la route
avec plus de célérité. Il prit les
deux paniers, les lia solidement
ensemble avec sa cravate, et atta-

cha le tout aux courroies du havre-sac qui contenait son bagage
et qu'il portait sur son dos. Il dit
ensuite au petit garçon de s'asseoir les jambes par-devant sur ce
havre-sac; pour cela, il déposa la
petite fille un instant, mit un genoux en terre, et, se relevant lestement avec cette double charge,
le bon étranger se remit en route,
un enfant dans ses bras et l'autre
sur son dos. Tout en marchant, il
pensait que lui aussi était père de
deux enfants qui pourraient avoir
l'âge de ceux-ci, et dont il était
séparé depuis plusieurs années;

il avait fait les dernières campagnes de l'empire, et revenait
de pays lointains, où il avait été
emmené prisonnier. Il avait souf-
fert toutes sortes de misères; cependant, comme il était aussi in-
dustrieux que plein de courage,
il avait fini par trouver à s'employer utilement, et, à force
d'économie, il s'était amassé une
petite fortune qu'il rapportait
avec lui. En rentrant en France,
il apprit que la province où il était
né avait été envahie par les enne-
mis, son village incendié, et la
plupart des habitants massacrés.

8

Il ne devait plus conserver l'espoir
d'y retrouver aucun des siens ; et
pourtant il se rendait vers cette
contrée pour revoir les lieux où il
avait été heureux, et pleurer sur les
objets qu'il avait tant aimés. Ces
souvenirs, qui ne le quittaient
point, faisaient trouver à l'étranger
un grand charme aux naïfs récits
que lui faisaient tour à tour Petit-
Pierre et Pierrette de leur vie sim-
ple et occupée. Plus d'une fois en
les écoutant, le cœur de l'étranger
tressaillit à une expression échap-
pée aux enfants, à je ne sais quel
accent qui dénotait dans leur lan-

gue une origine étrangère au pays qu'ils habitaient alors ; et quand le voyageur voulait rattacher quelque joyeux espoir à ces indices aussi fugitifs qu'incertains, une impossibilité cruelle se présentait à son esprit, et il se prenait à rire en lui-même de ce qu'il regardait comme une erreur de son cœur préoccupé.

Il y avait déjà quelque temps que l'étranger marchait ; la route, en s'élargissant de plus en plus, lui faisait espérer d'arriver bientôt au terme de sa course. Le soleil était près de se coucher, et ses rayons,

longtemps voilés par l'orage qui
était allé crever plus loin, bril-
laient alors de toute leur splen-
deur à l'extrémité de l'avenue.
Tout à coup un cri aigu, prolon-
gé, et semblable à ceux par les-
quels les pâtres s'appellent dans
les montagnes, retentit d'une manière étrange dans toute la pro-
fondeur des bois, et fit faire un
soubresaut au petit garçon placé
sur les épaules de l'ancien soldat
et à la petite fille qu'il portait dans
ses bras. « Maman ! maman ! »
s'écrièrent-ils tous deux, en ré-
pondant par des cris de joie à

l'appel maternel, car ils avaient reconnu la voix de leur mère.

« Oh ! Monsieur, dirent-ils, mettez-nous à terre, que nous allions à sa rencontre ! » En parlant ainsi, Petit-Pierre et Pierrette cherchaient à sauter à terre au risque de se blesser. L'étranger, qui s'était arrêté, les descendit doucement, et les deux enfants, en répétant sur un ton moins élevé le cri auquel ils étaient accoutumés à répondre, se mirent à courir en avant, oubliant leurs fatigues, le bon étranger, et même les fraises dont celui-ci était en-

core porteur , et ne s'arrêtèrent
que dans les bras de leur pauvre
mère.

Celle-ci , en arrivant à sa chaumière , avait d'abord été saisie
de crainte en n'y trouvant pas
ses enfants ; et, personne dans le
voisinage ne les ayant vus depuis
le matin , la malheureuse mère ,
frappée d'un horrible pressentiment , s'était élancée vers la forêt
en poussant ce cri particulier aux
pâtres de son pays , et qu'elle em-
ployait d'ordinaire pour rappeler
ses enfants lorsqu'ils étaient à
quelque distance de sa demeure.

En voyant ceux-ci accourir vers elle sains et saufs, la pauvre femme tomba à genoux, en remerciant Dieu de tout son cœur. Ce fut dans cette position que Petit-Pierre et Pierrette la trouvèrent; ils se jetèrent dans ses bras et couvrirent son visage de larmes et de baisers.

Cependant l'étranger avançait peu à peu, et jouissait de loin de ce doux et touchant spectacle, sans se douter de la joie immense qui l'attendait lui-même. Mais qu'est-il besoin d'en dire davantage? et mes jeunes lecteurs n'ont-ils pas

deviné que ce bon soldat était
Michel Remy, le père des pauvres
enfants perdus , et que , par un
miracle de la Providence , il avait
rencontrés comme il traversait en
voyageur la forêt de Compiègne ?
En effet Madeleine n'eut pas plu-
tôt jeté un regard sur l'étranger,
que , malgré le changement apporté en lui par les années et les
fatigues de la guerre , elle le re-
connut sur-le-champ : « Bonté du
ciel ! c'est mon mari ! » s'écria-
t-elle , tandis que Remy , tout
tremblant d'émotion , et pouvant
à peine en croire ses yeux, la re-

gardait avec surprise, et recon-
naissait en elle sa compagne ché-
rie, la mère de ses enfants.

Je laisse à penser la joie de cette
heureuse famille en se trouvant
ainsi miraculeusement réunie! Petit-Pierre et Pierrette passaient
tour à tour dans les bras de leur
mère, dans ceux de leur père,
qu'ils avaient tant pleuré, sans le
connaître; et tous ensemble re-
merciaient Dieu.

Après quelques explications,
tous revinrent au hameau que
Remy devait désormais habiter
avec sa famille. Petit-Pierre, ayant

raconté à sa mère toutes les aventures de la journée, leur joie en voyant les fraises, leur effroi en s'apercevant qu'ils étaient égarés, avoua en même temps le projet qu'il avait formé, à l'insu de sa mère, d'aller vendre ses fraises pour lui en rapporter l'argent, projet dont l'exécution irréfléchie avait failli être si funeste à lui et à sa sœur.

« Mon cher enfant, lui dit sa bonne et sage mère, je te remercie de tout ce qu'il y avait pour moi de bon et d'aimable dans ton petit plan ; l'intention en était

bonne , mais cela ne suffit pas ;
et si tu m'avais consultée , l'affreux danger auquel toi et ta pauvre petite sœur n'avez échappé
que par un miracle de la bonté de
Dieu, ne serait pas arrivé. En vous
rappelant les heures d'angoisses
que vous venez de passer, mes enfants, remerciez-en Dieu tous les
jours de votre vie ; et , tant que
vous ne serez que des enfants sans
expérience , rappelez - vous cette
maxime, que je vous ai enseignée
et qui sera toujours votre meil-
leure sauvegarde : « N'ayez ja-

« mais un secret pour votre mère,
« car elle seule peut vous bien
« conseiller. »

FIN.

TOURS, IMP. DE MAME.

www.ingramcontent.com/pod-product-compliance
Lightning Source LLC
Chambersburg PA
CBHW060820250626
47162CB00005B/1871